KB265307

도서출판 도훈

디지털 장의사

최 광 모 시집

도서출판 도훈

시인의 말

그동안 아팠던 그녀가

따뜻한 단풍잎으로 반짝이면 좋겠다.

2022년 가을

차례

01

붉은겨우살이

쪽방촌 연대기

벽화 속 붉은 등대 꿈꾸는 봄날이 와도 메마른 유
년 시절 낮달로 띄워놓고 오늘도 허기에 감겨서 병
이 된 마음이여

사라진 희망처럼 싯누렇게 들뜬 벽지, 형광등 불
빛으론 악몽을 지울 수 없나? 꿉꿉한 이승의 하루 자
우룩 눈이 먼다

바닥을 쓸어안고 뭉게뭉게 피어나서 공중에 떠돌
다가 독가촌이 된 구름이여 마지막 가닿을 곳은 그
어느 바다인가?

막막한 그림자를 앞섶에 깊이 숨긴 채 웃음을 삼
켜 먹은 골목을 잊기 위해 날마다 방문을 닫고 오체
투지를 떠나는

월요일에 로또를 사다

동백섬 앞에 앉아 점 하나씩 찍어본다
오랫동안 연락 못해 답장은 없겠지만
파도에 햇살을 얹어
너에게 편지 쓴다

감각의 끝단에서 흘러온 흰 구름처럼
내게 반가운 소식 찾아올까 기대하며
먼 하늘 내려 앉혀서
너에게 편지 쓴다

일주일 분 희망을 처방 받고 나선 길에
기약 없는 기다림 동백꽃이 될 때까지
온종일 바다를 안고
너에게 편지 쓴다

노도[*]

가뭇한 지샌달^{**}이 사라지는 순간까지

봄이면산자락에적막강산잇대놓고밤새도록정좌
한채어둠깊이다스렸나?너무도꿈꿈했던세상파도소
리로지우며절벽에걸터앉아만마리불새를바다위에
날렸을까?흘러온저먹구름아우른싯귀처럼소금에절
여진꿈혼자또되새김질한뒤

둥그런 팽나무의 아침
따뜻하게 떠올린

* 남해에 있는 김만중의 유배지
** 먼동이 튼 뒤 서쪽 하늘에 보이는 달

도배를 하다

벽 속에 숨어버린 얼룩진 독거의 세상

행복했던 기억들은 미라가 되었지만

남겨진 꽃의 흔적이 허공을 물고 있다

그 아픔 증명하듯 누렇게 부푼 벽지

말할 수 없는 침묵 목숨처럼 그러안고

혼자 또 장편소설을 어둠에 새겼을까

화석 같은 외로움 안 아프게 매만져서

눌어붙은 한숨을 긁어내고 닦아내면

하얗게 피어난 벽이 햇살처럼 웃겠지

디지털 장의사[*]

사막을 펼쳐놓고 Del을 두드리는 밤

날름거린 뱀의 흔적, 그 욕망을 문질러

낙타가 걸어간 먼 길

지문으로 읽는다

220V로 휘몰아치는 열풍 속에 숨겨져

웃음이 되지 못한 추억도 모두 찾아내

태양과 접속한 두 눈

연신 비벼 닦는다

뜨거운 모래 폭풍 멀리 날려 보내고

슬픔으로 빗금 진 가슴팍을 수습한 뒤

거칠게 저항한 과거

흔적 없이 지운다

* 죽은 사람의 인터넷 기록을 정리하는 사람

겨울 벼룩시장

1

멋대로 쌓여 있는 나뭇잎을 헤집듯이 구겨진 채
색 바랜 긴 밤 훌훌 감아올린 낯익은 수많은 상처가
가슴팍에 잠긴다

2

반만 읽다 덮어버린 첫사랑 눈빛 같은 비문에 막
힌 문장 아린 숨을 쏟아낸다 시퍼런 바람 소리가 공
중으로 흩날릴 때

3

파도 없는 바다를 둥글게 떠올려놓고 무겁게 쌓인
적막 입김으로 닦아낸 뒤 남자는 또다시 노래한다,
마른침을 삼킨다

4

늙어버린 슬픔이 숨어 사는 구석에서 얼부푼 세상
속을 덤덤하게 바라본다 고단한 역마살의 하루가 귀
가한 그때처럼

생선이 왔습니다

아이가 쏘아 올린 밤바다의 폭죽 같은
달아오른 스피커가 쏟아낸 파도 같은

날마다 찾아온 저 남자
같은 길만 되뇌고

은빛으로 날아오른 물고기의 배경 같은
여름을 품고 있는 그 바다 땡볕 같은

골목에 흘러온 저 남자
같은 꿈만 되읽고

유튜브

골목에 둥지를 튼 외로웠던 유목민들

아득해진 꿈들을 길 끝에 잇대어놓고

점점 더 견고해진다, 성벽이 높아진다

먹방으로 달랜 더부룩한 어둠 속에서

짧은 댓글을 달며 아군과 연대하지만

겨울은 낮은 포복으로 나를 포위한다

뜨거워진 손가락 오므렸다 펴는 한밤

웅크린 가로등이 어슴푸레 잠이 들면

조용히 날아온 달빛 그림자 들춰본다

신전숲*

이곳은 상처들이 옷을 벗는 안전 가옥, 내비에도
길 없어 맴돌았던 사랑도 마음껏 바다가 되어 만 편
詩를 낭송하는…

* 경남 남해에 있는 숲

붉은겨우살이*

하늘 깊은 공터를 더듬어 읽는 겨울

비탈에 뿌리내려 단단해진 옹이처럼

그녀는 생각을 되감아

한 채 집을 지었다

이제 더 품지 못할 벼랑 앞에 앉아서

뒤엉킨 수많은 밤 풀어내고 싶었을까

그녀는 말라버린 몸에

다시 몸을 새긴다

쌀쌀해진 지상의 에움길 모두 헤아려

섬이 된 구름 속에 새를 날려 보내고

그녀는 아주 덤덤하게

잔설을 털어낸다

* 열매가 붉은 겨우살이

적멸을 위하여

― 황태詩篇

1

아픔도 오래되면 황금빛 미라가 될까?

더께 쌓인 어둠이 얼었다 녹는 순간마다, 뒤틀린 몸
가장자리에서 푸른 새의 날개가 돋아나는 순간마다,
소금기 많은 과거가 누렇게 익어가는 그 순간마다

한겨울 가장 차디찬 바람이
골 속에서 맴돌고

2

불면 흐린 눈시울이 결빙의 밤 톺아보다 폭설이 내
리는 날 동안거에 든 나무처럼 난바다 그 파도를 지워
화엄 세상 꿈꾼다

02

레코드판 위를 걷다

벚나무 수목장

세상을 뜨는 새는 나무에게 가나 보다

울울창창 숲이 되어 울다가 울음 닦고

새하얀 달빛 속에서 절 한 채를 지었다

구름 같은 손길이 다가와 잠 깨운 봄

우글대는 어둠을 눈뜨게 한 햇살처럼

잊고 산 웃음소리로 화들짝 꽃 피운다

슬픔이 들킬까 봐 돌아누운 몸을 안고

우듬지에 새겨진 푸른 바람 문장으로

훨훨훨 날아올라서 나무가 된 텃새들

의령을 채록하다

1. 한우산 봄

한없이 쓸쓸했던 엄마의 변방 같은 비탈진 이 세
상을 지문으로 어루만지면 눈감고 바라보아도 반짝
이는 한낮

2. 정암루 여름

안개 모두 걷혀서 흰 구름 흘러오면 서러운 생각
들을 느낌표로 갈무리해 지평선 부둥켜안고 해를 솟
구쳐 올린

3. 봉황대 가을

앞섶에 잠긴 울음 그 세월 필사한 뒤 거꾸로 쌓아

올린 탈골된 그리움을 뜨겁게 쓰다듬어서 붉게 날려
보낸다

　4. 일붕사 겨울

　하늘에 심지 박고 만경창파 읽듯이 햇살 맑은 눈
빛을 온몸으로 문질러 길섶에 숨은 적요를 은은하게
헤아리는

다시 읽는 茶山*

1. '丁石'

낮달 저 풍경처럼 지지 않는 돌꽃처럼

더 밝은 세상 위해 버린 밤 깔고 앉아

바람이 물고 할퀸 역사

부드럽게 붙안은

2. 만덕산 동박새

백련사 고요 속에 울음 슬쩍 던져놓고

동백나무 푸른 잎을 점묘하는 한 남자

오늘 또 이승을 되삼켜

붉게 詩를 쓴다

혼술

빈자리 이유 없이 미열처럼 익숙해져

이마에 손등 대고 안녕한지 묻는다

매입등 불빛을 안고 또 하루를 삭이며

짙은 화장 라일락이 어깨를 흔들어도

날마다 타인처럼 아득해진 성욕처럼

짓무른 얼굴 파묻고 깜박이는 잠이여

조장鳥葬
－ 탈북 모자의 죽음을 조문하다

구름이 된 시간은 어디로 날아가나

허기진 두 그림자가 수북이 쌓인 공과금 단숨에 쪼아 먹고 날마다 붙잡지 못한 새벽 허겁지겁 쪼아 먹고 아침 하늘 바라보다가 말라버린 창문 하얗게 쪼아 먹고 텅 빈 냉장고 속 짙은 해무를 불룩하게 쪼아 먹고…

바다에 가 닿은 그 영혼
등댓불이 되겠지

비행기에 대한 보고

그의 꿈은 오로지 지상에 안착하는 것

무거운 몸의 이력 은은히 지워지면

선명한 지문 하나가 둥글게 떠오른다

뒤돌아보는 여유도 사치인 인생인가

중력을 거스르며 날아오른 새 떼처럼

하얗게 온몸 흔들어 허공 속을 읽는다

태양의 역광으로 외로움도 씻어 내고

희미해진 꿈의 음표 하늘에 새기면서

마음껏 솟구친 상상 태평양을 건넌다

돋을볕*을 만나다

 – 율도에서

그 옛날 유배지는 안개의 막창이지만 일렁인 저 바다를 누가 몰래 품었는가? 꿉꿉한 잠자리에서 동백꽃 피어났다

쉽게 만날 수 없는 사람들이 그리워서 모로 접힌 이승을 베고 누운 한여름 밤 하얗게 떠오른 낮달 앙가슴에 얹어놓고

해배되지 못한 파도 바람에 내맡긴 채 하루에 수천 번씩 떠올린 그리움인지 노거수 짙은 그늘의 그 바닥 눈이 부셔

악몽 그 먹빛들을 온몸으로 풀어내고 선명해진 수평선 더듬어 가는 시간에 날아온 갈매기 울음 풀꽃 속에 잠긴다

* 해가 솟아오를 때의 햇볕

봉선화가 피었습니다

한평생 숨겨 오다 울컥 고인 피멍 같은

엄마의 손톱 끝에 스며든 서러움들

혼자서 웃는 웃음이 왜 저리 막막한가

남몰래 출렁이다 등이 굽은 늦여름에

텃새들이 날아와 남겨 둔 울음 삼켜

주름진 손가락 끝에 떠오른 낮달이여

그 오랜 그리움 무명실로 꽁꽁 묶어

어룽진 생각 위에 새겨 놓은 붉은 꿈

또 한 번 이승을 읽고 먼 길을 걸어간다

2호선

어둠이
어둠을 물고 물뱀처럼 흘러간다

곁눈질로 해석해야 잘 보이는 욕망처럼 밀리고 껴
안아서 일렁이는 침묵처럼 몸속에 스며들어 흐물거
리는 졸음처럼

오늘도 환승하지 못한 청춘
같은 길만 맴돌고

독거

온기 없는 그늘은 오늘도 변방이었지

어둠 한껏 되감아 보름달이 떠올라도

흐릿한 그림자들은 눈을 뜨지 못하고

현관문 신발장에 쌓여있는 먼지처럼

안개 같은 침묵이 웃음 다 지웠을까

따뜻한 달빛이지만 눈을 뜨지 못하고

웅크린 몸속에서 흘러나온 꿈이었나

그 흔적 매만지다 돌아누운 가을밤

창문이 수런거려도 눈을 뜨지 못하고

레코드판 위를 걷다

저곳은 아득해진 그리움의 안식처

깊고 넓게 환했던 보름달이 숨어있다

내 몸에 떠돌아다닌 말

음각하며 읽어낸

바람 많은 세상사 헛디딘 순간마다

납작하게 눌러진 그림자를 그러안고

새들이 어디선가 날아와

꿈결처럼 노래한다

되돌아갈 수 없는 적막한 길이지만

빛나는 뭇별 같은 기억을 더듬어가듯

두어 번 콜록거리다가

깊은 잠에 빠진다

03

7번 국도

죽도시장에서

반짝이는 수평선에 수신호를 보냅니다

주름 많은 지문을 둥글게 폈는데도

떠돌던 어두운 비늘이 앙가슴을 휘감아

눌러 쓴 봄의 쪽지 선명하게 흔들면서

날아온 갈매기가 물어 올린 풍경 위로

골목의 비린 기억들 높게 날아갑니다

슬픔이 들락거려 상처 너무 아득하지만

불어 터진 생각을 돋을볕에 심어 놓고

해배된 바다의 역사 남몰래 품습니다

입춘 입문入門

목에 걸린 말들을 꾸역꾸역 삼키고

수북이 쌓여 있는 슬픔을 밀어낸 날

화들짝 피어난 매화가

등 뒤에 서 있었다

지나온 많은 날들 끝없이 지우지만

허리를 구부리고 겨울이 길을 낼 때

가만히 뒤돌아보면

내 안에 내가 있다

목련꽃 식도염

웅크린 내 몸속엔 수많은 밤이 있어

삼킬 수 없는 사랑 날마다 되읽더니

구름이 달빛을 지워 화들짝 핀 통증이여

명치끝에 걸린 슬픔 지그시 눌러봐도

말없이 왔다 가는 뾰족한 꿈이었지만

내일은 햇살 한 줌을 먹어 봐도 좋겠네

오이도

해무로 떠돌다 온 잇몸만 남은 사랑

섬이 된 적막강산 어떻게 하지 못해

핼쑥한 당신 얼굴은 밀썰물로 접히고

따끔거린 가슴팍 바람에게 빼앗겼나

등대 앞에 앉아서 환하게 눈을 뜨도

슬픔이 다시 몰려와 파도로 뒤집히고

대충 씹은 생각들 한 편씩 되삼켜서

소주의 온기처럼 달아오른 초여름에

뒤엉킨 인간의 사랑 해안선에 쌓이고

갈항사지에서

감감해진 하늘을 앙가슴에다 올려놓고
바람이 부풀어서 골짜기를 떠돌 때
무거운 적막을 씻는 늙어버린 몸이여

길 하나 부여잡고 놓지 못한 햇살인가
강마른 생을 감아 지난날 새김질해
버려진 화엄의 세상 석등 위에 펼친다

엇물린 풍경들이 웅성거리는 나절가웃
기교 없는 생애가 연기를 피워 올려
하얗게 더듬은 숲을 마당에 들앉힌다

사량도 일몰

떠나 버린 그녀가

던져놓은 적요인 듯

밀썰물의 저녁이

풀어헤친 상상인 듯

지그시 눈을 감으면

더더욱 잘 보이는

7번 국도

구절초의 전설을 온몸으로 물고 있는
볕 좋은 가을 하늘 너에게 전하려고
오늘은 구름이 되어
하얗게 흘러간다

쓸쓸했던 지난날 남몰래 되새김하며
퇴적암에 갇혀버린 사랑을 생각한다
떠돈 그 바람의 내력
등대에 새겨놓고

이제는 지상에서 울지 않는 새들처럼
반짝이는 햇살을 필사한 주문진에서
살아온 먹먹한 세상
푸르게 닦아낸다

백담사설 _{白痰辭說}
    – 자작나무 칸타타

아름다운 그녀가 새가 된 이승의 북쪽

봄, 나비가 날아오지 않아도 햇살이 반짝이는 곳.
여름, 먹구름 흐르고 흘러도 장맛비가 없는 곳. 가을,
아무리 바람 불어도 달빛이 둥근 집을 짓는 곳. 겨울,
폭설에 무르팍 파묻혀도 슬픔이 없는 곳

푸릇한, 노처녀의 밤에도
푸른 별이 뜬다

먹방을 읽다

휴대폰 모서리에서 피어난 미열 같은

뱉을 수 없는 과거 둥글게 궁굴리며

그녀는 두 눈 치켜뜬 채

헛웃음을 토한다

삼키고 또 삼켜도 허기진 밤이라서

잔뼈 많은 생각들 잘근잘근 곱씹지만

댓글로 떠돌아다닌 말

밥이 되지 못하고

목구멍에 걸린 이승 쓸어내린 가을밤

잘 우러난 달빛을 하얗게 베고 누워

그녀는 수줍게 인사한다,

"오늘 잘 먹었습니다"

반달연

1

무거운 근심 걱정 내려놓지 못한 겨울

바람이 토해내는 한없는 목울음으로 한 점 구름의
형상같이 한평생 허공에 매달린 아버지의 마디숨으
로

아무리 솟구쳐 올라도
안 보이는 길이여

2

한 곳만 바라보면
새가 될 줄 알았는데

등이 왜 굽었는지

가슴 자꾸 뜨끔한지

알면서 어쩌지 못해
흩날린다, 오늘도

한계령

모든 불면 되삼켜 서리꽃을 피웠나?
내달려온 천릿길 하늘에 잇대어 놓고
해인이 품고 있는 적멸
점묘화로 되삼킨

오랫동안 잊고 산 수평선 보기 위해
아슴한 지난날들 산정에 날려 보낸다
만연체 시린 바람 소리
푸른 시가 되도록

얼부푼 기억들이 잘근잘근 깨물었던
말하지 못한 악몽 안 아프게 다 닦아
아무 일 없었다는 듯
흰 눈으로 빛나는

04

그리운 풍장들

꽃양귀비 치매

엉킨 그녀 머리카락 천천히 빗겨 준다
체온을 낮춘 채로 바람 소리 품고 산
앙상한 그림자의 앞섶
울타리에 걸어놓고

오래전에 잊힌 꿈 거품 같은 생이지만
늘어진 생각들이 흘러가는 봄을 안고
솟구쳐 할 말을 하며
묵은 때를 벗긴다

날마다 늙어버린 거친 몸 일으켜 세워
어둠 꼭꼭 밟아서 화엄경을 외우듯
눈감고 몰래 돌아앉아
반짝이는 아픈, 꽃

압화도 押花圖

수없이 덧칠된 삶, 한 편씩 되새김질해

금 간 그 꿈의 시간 햇살에 잇대 놓고

엄마는 세상을 향해 펄럭인다, 가볍게

벽 속에 숨은 햇살 대낮처럼 떠올리며

몸속 깊이 고인 적막 부드럽게 매만져

어두운 아버지의 봄, 훨훨 날려 보낸다

남해

내 얼굴 문질러서 떠오른

낮달처럼, 지족해변 문장으로 더 붉어진 저녁처럼

어룽진 작은 섬들을

그러안은 꽃송이

그리운 풍장風葬들

1. 오래된 꿈

이리저리 궁굴리며 오기로 버틴 세월을 벼랑이 된
마음과 바닷가에 내려 앉혀 밀썰물 긴 문장으로 죽
음을 아우른다

2. 다랭이 마을

고단한 사람들이 한평생 쓰고 외우는 백팔번뇌 지
겟길 아득한 행간 속에서 흰 구름 몇 점을 놓아 무르
팍을 세운다

3. 유허지 낮달

동백나무 그늘이 띄워 놓은 섬을 안고 순례를 떠

나기 전 내게 먼저 흘러와 새들의 맑은 음표로 짙푸

른 길을 놓다

4. 구운몽 바다

적막했던 서포*가 던져놓은 마음인 듯 숨어있는

보름달이 떠올린 앞섶인 듯 해조음 다독거려서 은빛

세상 펼친다

* 김만중

도시에서 화석을 찾다가

1

골목에 버려진 밤이 말갛게 보이는 날

유리창에 박혀 있는 새들의 발자국이 가볍게 날아
올랐다 돌담길에 탁본된 늦가을 은행잎들이 새가 되
어 날아올랐다 가로등 불빛에 스며든 아버지의 모습
이 은행잎으로 날아올랐다

덧칠된 인간의 상처들이
따뜻해졌다, 조금씩

2

얼룩진 길을 안고 습한 몸 깔고 누워

꿈이 꿈꾸는 동안 얼마나 애달팠나?

아무도 이승을 버리지 않아

더 환해진 가을이여

夏至

- 쓰레기 매립장에서

무인도가 된 저곳은

이승의 적산가옥

도시의 짙은 어둠 꾸역꾸역 받아먹고

무섭게 부풀어 오른다, 무덤의 무덤처럼

막무가내 엉켜버린 죽음의 난장판에서

가볍게 버려진 사랑 뜨겁게 몸부림치지만

인간의 지독한 슬픔 환생하지 못하고

달콤한 기억들을 잊을 수 없는 바람인가

썩어가는 과거가 햇살에 몸을 뒤집어

오늘도 몽롱한 잠 속으로

새를 날려 보낸다

드라이플라워

무르팍 연골 틈에 안개가 머문 가을

어디선가 넌출넌출 푸른 강 흘러왔다

지난밤 똬리 튼 근심

그 미열을 지우고

불거진 물집들은 상처들의 봉분인가

엄마의 화원으로 날아든 새 한 마리

오늘 또 주름살 쪼아

먼 길을 탈고한다

울다가 웃으면서 햇살이 된 풍경처럼

바람 든 뼈의 내력 더듬듯 매만지며

겨울이 밀려오기 전

젖은 말을 되삼킨

겨울 후포항

발목 꺾인 사랑은

무엇으로 꿈을 꾸나

짜디짠 밀썰물이

밤새도록 위로했지만

상처는 아물지 않아

비는 자꾸 내리고

어둠이 웅성거리는

쓸쓸한 포구를 품은

어판장 짧은 경매가

아무렇지 않은지

사랑은 말도 못 하고

빗소리에 젖는다

울릉도 조간신문

처방받은 항생제를 공복에 삼켜 먹고

안개 모두 사라진 등대 앞에 나앉아

지난밤 꿈의 행적들 눈감고 더듬는다

나를 찾는 표정으로 배달된 한겨울에

질문과 의문 부호 새김질한 바다처럼

짜디짠 파도의 삶을 문화면에 띄우고

정박한 작은 배들 흔들리는 포구에서

솟아오른 붉은 해 방파제 껴안을 때

수평선 부둥켜안고 날아온 새를 본다

나는 자연인이다

이승과 훗승 사이 숨어 산 상처인가?

고요 속에 뛰어든 빗금 많은 사람들

먹먹한 귀를 세워 놓고

앙가슴을 핥는다

천장에 눌어붙은 얼룩진 어둠 지워

밤마다 선명하게 돋아난 뭇별처럼

겨울 속 거울을 보며

적막 다시 궁굴리고

엄마의 무릎 같은 흰 달빛 베고 누워

살바람에 부어오른 시린 볼 비비듯이

왔던 길 꼼꼼히 되새긴다,

몸 가벼워질 때까지

* TV 프로그램 제목

겨울 바다 전당포

긴긴밤 밀썰물이 물고 있는 섬처럼 희미해진 수평
선 눈을 감고 더듬었나? 초조한 항구의 시간을 붙안
은 청춘이여

어름대는 한 생각 그물처럼 펼쳐놓고 스스로 위로
하며 일출을 바라보다가 몰아친 찬 바람에게 아침을
저당 잡힌

05

캔들 플라워

풍향계를 읽다

아물지 못한 상처 홍매화로 피어나면

웅웅거린 시간들 북쪽으로 날아간다

필사본 시린 꿈자리에

푸른 하늘 내려놓고

바람 없는 오늘은 당신만 생각할까

빛나는 나절가웃 아주 얇게 펼쳐서

어둠이 서성이는 골목을

비질하듯 지운다

눈 없는 생각들이 지문으로 돋아난 오후

쓸쓸한 그리움을 온몸으로 비비며

그대가 가리킨 바다를

봄이라고 읽는다

立春

포개진

숨찬 날이 온몸을 긁고 있다

한 근의 그리움을 씹지 않고 삼켜 먹었다

언 채로 버틴 남자가

부둥켜안은

해여

할머니의 봄

사람들 귓속말에 홍매화를 피워 놓고

아득해진 눈과 귀로 이승을 해석하네

핏발 선 꽃샘추위를 앞섶으로 감싼 채

찬바람이 머문 자리 말갛게 닦아낸 듯

우묵한 눈동자에 숨어 산 밤을 지워

그녀는 하얀 웃음을 온몸으로 감싼다

가녀린 가지 끝에 푸른 귀 돋아나면

말라버린 새 울음 숲으로 날려 보내고

개여울 맑은 한나절 낮달로 높이 띄운

미화원

거리에 나뒹구는 어둠을 수거하는 봄

대충대충 묶여 버려진 악몽을 지우고 굶주린 고양
이가 물어뜯은 밤을 지우고 보도블록에 달라붙어 허
우적거리는 짓무른 불빛을 지우고…

김 씨는 절 한 채를 싣고
새벽 문을 엽니다

한여름

– 재개발지구

폐허가 된 이곳은 욕망이 점령한 땅

공습경보 발령된 듯 매미가 떼로 울어

무성히 웃자란 풀 속에

숨어든다, 고양이

봄의 시간 물고서 멈춰 선 시계처럼

금이 간 담벼락을 꿰매지도 못한 채

바람이 서성이는 허공

바라보는 한나절

아이들 웃음소리 어디론가 사라졌지만

골목길의 능소화 혼자 저리 붉디붉어

무너진 세상의 중심을

멍석처럼 말고 있는

장마 그리고 나프탈렌

인적 없는 들판에 남겨진 고백같이

그녀의 옷장 속엔 과거가 걸려 있나

무성한 불면에 갇혀

마디숨을 내쉰다

코끝을 콕, 찌르는 어름대는 지난날의

썩지 않은 한 사랑 소매를 부여잡고

메마른 어둠 속에서

쏟아내는 적막들

그녀의 옷장 속은 언제나 봄날이었나

더 이상 입지 않는 꽃무늬 꿈들 사이

잠시도 머물지 못한

흰나비 펄럭인다

물건방조어부림

병어 떼가 찾아와 은색으로 변한 바다

잘박잘박한 파도 소리에 마음 놓고 반짝이는 햇살
같이 우거진 숲에서 선명하게 부풀어 오른 하늘같이
물미해안 몽돌 속에 들어앉은 수평선같이

살포시 날아든 몇 마리 새
당산목에 잠긴다

四季
  - 신명조체로 신라를 읽다

1. 분황사지 봄

밤하늘 연지곤지 건너온 표정같이 그날 그 하얀
감꽃 햇살로 쏟아지면 탑신에 서성이는 바람, 풋잠
속에 빠지고

2. 추령재를 넘다

창문을 열고 닫는 태양의 부호인 양 그대에게 가
는 길 굴곡이 너무 많아 혼자서 추스르지 못할 여름
이 가물댄다

3. 가을 첨성대

천 년의 우물 속에 잠긴 별 떠올리며 한 마리 말을
타고 하늘로 가고 싶다 당단풍 눈시울마다 그림자를
내걸고

4. 감포에서

솔 그늘 들추다가 들켜버린 마음 위로 갈매기 날
갯짓에 물음표가 흩날려도 밀려온 겨울 아침이 수중
릉을 감싼다

캔들 플라워

온종일 화만 내던 엄마를 안아 본다

애저녁을 말아 올린 상처 한 줌 움켜쥐고

그동안 돌보지 못한 아픔

중얼중얼 쏟아내는

솟대

- 기러기를 읽다

뒤틀린 장대 위에 내려앉은 훗승인가

머리 풀고 날아오른 노을을 등에 지고

얼부푼 생각 하나를 오래도록 쪼고 있다

아득해진 겨울 산 고요하게 바라보면

소금기 많은 날들 새가 될 줄 알았는데

무잡한 바람에 갇혀 하얗게 눈이 멀고

등 굽은 시간들을 온몸으로 품고 앉아

허토를 한 서러움 잔잔해질 그때까지

긴 목이 꺾여지도록 봄날을 기다리는

섭지코지처럼

무릎한 슬픔까지
다 품은 바다를 보며

주름 잡힌 흉터를
두 손으로 문지르고

여자는 어긋난 만남
파도 위에 던진다

먼 길을 허리춤에
다시 감고 되감아서

가벼워진 그림자
날려 보낸 그다음

여자는 아픈 겨울을

뜻도 없이 지운다

성찰의 경전으로 깊이 질문하고 답 찾기
- 최광모 시조를 읽다

이 교 상 (시인)

성찰의 경전으로 깊이 질문하고 답 찾기
- 최광모 시조를 읽다

이 교 상 (시인)

1. AI 시대에 왜 시조를 쓰는가?

오늘의 시조는 사람들의 의식 속에 암(癌)처럼 꿈틀거리고 있는 오만과 편견을 지우고, 여리지만 뜨거운 마음의 물결로 만물을 새롭게 깨달아 지문(指紋) 같은 세계를 다채롭게 인식하는 문학이다. 그리고 그것을 전제(前提)한 몸말을 통해 마음껏 울고 웃으면서 사람들과 날마다 진솔하게 소통하기를 희망한다.

시조가 추구하는 미의식은 축적된 지식과 경험 등으로 자아(自我)를 뽐내며 푸르고 넓은 우주를 욕심껏 삼키는 것이라기보다, 지상이 하늘이고 하늘이 지상인 세상을 위해 바람과 먼지로 떠도는 수많은 결핍의 정서들을 따뜻하게 보듬는 일. 그러므로 앎과 행함이 일치하기 어려운 복잡고 어지러운 인간의 삶을 3장 6구 12음보로 절제한 시조는 그만큼 의미와 가치가 있을 것이다.

모든 예술의 속성이기도 하지만, 시조는 직설적 또는 거칠게 드러난 현실의 욕망을 반어와 역설의 문장으로 허공을 감싸는 고백이다. 통사론적인 관점에서 시조의 문법은 직진으로 나아가려는 충동을 최대한 자제해 둥글게 우회하면서 진실을 더욱 간절하게 표상한다. 때로는 일상과 충돌하고 때로는 서로 다독거려 유기적으로 관계를 맺어 비로소 아름다운 생명의 떨리는 현상을 맞이한다. 이렇듯 시조는 내밀한 감정선(感情線)의 언어로 자연을 수렴하고 형상화한다. 그리고 무엇보다도 환유와 상징 등에 의해 생성된 유기체(有機體)의 음정(音程)을 행간에 놓아 모든 것이 노래가 될 수 있음을 보여준다.

생각해보면 그동안 많은 사람이 시조의 진심을 알지 못하고 거칠게 부정하며 오해한 것은 대체로 형식 때문이다. 그 형식이 자유분방한 시대에 상상력을 억누르고 억압하는 틀로 인식한 결과이다. 그러나 시조가 우리말의 가장 자연스러운 보폭(步幅)으로 형성됐다는 것을 깨닫는다면 그와 같은 사소한 감정은 거짓말처럼 사라질 것이다.

시조는 인위적이고 화학적 결합으로 이루어진 무기물(無機物) 같은 것이 아니다. 시조에 있어서 매우 중요한 골격으로 작용하고 있는 운율은 무의식적으로 관념화된 사고를 철학(哲學)으로 다시 깊이 사유하고 보듬기 위해 품은 우듬지의 햇살 같은 것이다. 이 사실은 시조를 시조답게 하는 중요한 요소이면서, 자유시와는 다른 특징을 지닌 채 오늘도 삼라만상(森羅萬象)과 만휘군상(萬彙群象)을 탄주(彈奏)할 수 있는 근거가 된다. 다시 말해서 시조는 사람들이 날마다 중얼대는 군말의 삶을 가장 깊이 읽고 명징하게 풀어내는 자연이라고 말할 수 있다.

　인간이 추구하는 예술적 행위엔 자발성 뇌출혈
과 비슷한 고통을 수반하지만, 그 과정을 거쳐 다시
무한한 상상력과 개성과 역동성을 획득한다. 그중에
서 언어를 매개로 한 문학은 현실과 비현실의 사이
에 존재하는 무형의 세계를 주관한다. 그 과정에서
생성된 에너지(energy)는 세상의 온갖 사사로움을
치유하는 명약으로서 역할을 하기도 한다. 그리고
부박한 현실을 수렴한 역사를 다시 장엄하게 사람들
의 세상에 떠올린다. 시조는 바로 그런 것. 비문으로
가득한 소음(騷音)이 음표가 되도록 해 경직되고 어
지러운 앎을 변화시켜 머뭇거리는 삶을 한껏 부둥켜
안는다.

　거듭 말하지만, 시조의 율격은 자연율로서 단순
히 글자의 수(數)로 헤아리는 것이 아니다. 하지만 시
조의 운율을 이루는 기본 단위가 대체로 3음절이나
4음절(2~3음절에 조사가 붙는 우리말의 일반적 특징)이
한 음보를 이루는 것은 자연의 법칙에서 기인했기
때문. 언뜻 보면 천방지축 우후죽순 자유분방하지
만, 자연은 일정한 파동(波動)과 주기율(週期律)에 의

해 소멸과 생성을 반복한다. 시조는 그런 자연이 함축하고 있는 정형(定型)을 다시 정형(整形)해서 적확한 문장으로 풀어냈을 때 비로소 완성된다. 이러한 논리는 시조 3,335수를 집대성한 심재완의 『교본 역대시조전서』로 보완될 수 있을 것이다. 하지만 이 사실은 시조의 형식과 정형성을 논함에 있어 합당한 근거를 제시한 것이지 절대적 답은 아니다. 그러나 이 문제는 시조의 정체성과 깊은 관계가 있으므로 매우 중요하다고 말할 수 있다.

시조는 복잡하고 어지러운 인간의 현상을 이해하는 데 적격의 문학이다. 도래한 가상의 세계에서 어쩔 수 없이 수장(水葬)되고 허공으로 사라질 수밖에 없는 수많은 감성을 보듬고 아우르는 데 있어 더욱 그러하다. 그 까닭은 시조가 태생적으로 자연의 숨결을 산만하지 않게 흡수했기 때문이다. 애써 또 변명하면 시조는 무엇을 열심히 설명하지 않고도 세상에 떠도는 허무(虛無)를 수습하고, 어쩔 수 없이 인간의 몸속에 집을 짓고 웅크리는 아픈 상처들을 적극적으로 수렴한다. 그리하여 사람들에게 버림받고 소외된 어둠까지 따뜻하게 안을 수 있는 아량(雅量)을 지닌다. 이것이 AI 시대에 사람들이 시조를 놓지 않고 쓰는 이유일 것이다.

2. 오체투지(五體投地)의 詩.

최광모 시인의 시조는 모두에서 밝힌 시조의 정형성을 잘 아우르면서, 풍속(風俗)의 풍상(風霜)을 세필 붓으로 세심하게 그려내듯 형상화하고 있다. 그러면서도 편안한 일상어로 물 흐르듯 빚어낸 그의 시조는 현실을 방관하거나 배척하지 않고, 의식과 무의식을 조화롭게 은유하고 있어 작품성과 독자성을 두루 확보한다. 그것은 역지사지(易地思之)의 마음을 가진 문학 본래의 그 깊은 속성을 자연스럽게 체득(體得)한 결과일 것이다.

거듭 이야기지만, 시조는 다른 장르와는 달리 단숨의 미학을 내재한 음표(音標)로 삶을 노래하는 문학이다. 그것을 바탕으로 점묘한 고단한 생의 의미들을 유기적으로 은밀하게 치환(置換)하고 환치(換置)한다. 다시 말하면 오늘의 시조는 부박(浮薄)한 세상을 물 위에 띄워놓고 그 속에 떠도는 뭉게구름과 사사롭게 부는 바람 등을 다채롭게 궁굴리는 윤슬이다. 그리고 날마다 사람들의 곁을 끝없이 맴도는 어둠과 비감(悲感)을 아우른다. 그런 정서들을 외면하지 않는 최광모의 시조는 무엇보다도 아픈 상처들을 무리하게 조각(彫刻)하거나 기쁨과 슬픔을 애써 분리하지 않고 두루 살펴 통섭(通涉)한다. 그래서 그의 시조는 대부분 어두운 현실의 무게에 짓눌려 강박(强迫)에 시달리는 사람들에게 그 시선과 마음이 가닿아 있다. 그리고 과장된 감정의 노출과 모션(motion)이 없는 최광모의 시조는 그의 성격을 닮아 현란하지 않고 매우 정직하다. 자세히 읽어보면 날것들을 오래 숙성시킨 노력이 곳곳에 역력(歷歷)하다. 어쩌면 그가 바라는 것은 단순히 겉으로 드러난 아름다움보다 내면의 바닥에 존재하는 물컹한 생각들을 지문(指紋)으로 매만지는 것일 것이다. 최광모의 시조를 읽으면서 나는 간절함이 시가 된다는 사실을 다시금 확인하면서, 세상의 저급한 욕망으로

인해 어쩔 수 없이 골목이나 구석으로 하찮게 밀려
난 것에 대한 애정의 언사(言辭)가 떠올린 붉은 노을
이 시라는 사실을 깨닫는다.

　　벽화 속 붉은 등대 꿈꾸는 봄날이 와도 메마
른 유년 시절 낮달로 띄워놓고 오늘도 허기에
감겨서 병이 된 마음이여

　　사라진 희망처럼 싯누렇게 들뜬 벽지, 형광
등 불빛으론 악몽을 지울 수 없나? 꿉꿉한 이승
의 하루 자우룩 눈이 먼다

　　바닥을 쓸어안고 뭉게뭉게 피어나서 공중에
떠돌다가 독가촌이 된 구름이여 마지막 가닿을
곳은 그 어느 바다인가?

　　막막한 그림자를 앞섶에 깊이 숨긴 채 웃음
을 삼켜 먹은 골목을 잊기 위해 날마다 방문을
닫고 오체투지를 떠나는

— 「쪽방촌 연대기」 전문

벽 속에 숨어버린 얼룩진 독거의 세상

행복했던 기억들은 미라가 되었지만

남겨진 꽃의 흔적이 허공을 물고 있다

그 아픔 증명하듯 누렇게 부푼 벽지

말할 수 없는 침묵 목숨처럼 그러안고

혼자 또 장편소설을 어둠에 새겼을까

화석 같은 외로움 안 아프게 매만져서

눌어붙은 한숨을 긁어내고 닦아내면

하얗게 피어난 벽이 햇살처럼 웃겠지

-「도배를 하다」 전문

1

멋대로 쌓여 있는 나뭇잎을 헤집듯이 구겨
진 채 색 바랜 긴 밤 훌훌 감아올린 낯익은 수많
은 상처가 가슴팍에 잠긴다

2

반만 읽다 덮어버린 첫사랑 눈빛 같은 비문
에 막힌 문장 아린 숨을 쏟아낸다 시퍼런 바람
소리가 공중으로 흩날릴 때

3

파도 없는 바다를 둥글게 떠올려놓고 무겁
게 쌓인 적막 입김으로 닦아낸 뒤 남자는 또다
시 노래한다, 마른침을 삼킨다

4

늙어버린 슬픔이 숨어 사는 구석에서 얼부
푼 세상 속을 덤덤하게 바라본다 고단한 역마살
의 하루가 귀가한 그때처럼

－「겨울 벼룩시장」 전문

위 세 편의 작품은 한없이 쓸쓸한 풍경에 대한 형용사, 혹은 어둠 속에 잦아든 습한 악몽을 부둥켜안고 언중(言衆)들을 위한 위문(慰問)의 새김질이기도 하다. 문장이 부자연스럽거나 억지스럽지 않게 삶의 거친 발바닥에 짓눌린 현실을 잘 묘사하고 진술하고 있다. 자칫 시조의 형식으로 인해 깊이와 넓이를 확보하지 못하는 처지에 놓일 수도 있지만, 그러나 낯익고 뻔한 관념에 매몰되지 않은 까닭에 행간을 붙안은 의식이 전혀 단조롭지 않다. 그 어떤 특별한 비약과 돌발이 없어도 환유하는 감각과 시선이 상투적이지 않은 것은 그만큼 시조의 형식과 정형성을 아주 자연스럽게 소화하고 있음을 방증하는 것일 터.

문학은 세계를 어떻게 인식하느냐에 따라 그 해석이 밤하늘처럼 아득해질 수도 있고, 한없이 출렁거리는 만경창파(萬頃蒼波)가 되기도 한다. 그런 면에서 위의 시조들은 의미론적으로 매우 도도(滔滔)하다. 비유가 생경하지 않아 골똘한 생각과 의심 없이 친숙하게 읽힌다. 어쩌면 그것은 끝없이 무너져 내려 비천할 정도로 가난해진 외로움과 쓸쓸함을 적극적으로 이해하는 마음을 간직하고 있기 때문일 것이다.

　현대의 시조는 고답(高踏)의 구렁을 넘어 햇살의 숭어리를 안고 음담(淫談)이 나뒹구는 현실 위에 다채로운 세계를 회화적 상상력 등으로 구체화한다. 대충 훑으면 마치 계획된 조림처럼 다양성을 배척한 채 인위적 습성을 지닌 듯 보이지만, 오늘의 시조가 떠올린 그리움의 근간은 자연이므로 그 소통의 표정과 내용이 참담(慘澹)하지가 않다. 오히려 가볍게 들뜰 수 있는 어지러운 감정을 차분히 가라앉히는 깊은 호수의 물결 같은 속성을 지니고 있다. 굳이 애써 설명하지 않아도 좋을.

　아는 만큼 보이고, 보이면 저절로 사랑하게 되는 것이 예술이다. 그래서 한번 젖으면 자신도 모르는 사이에 은은한 향기와 매력에 천착하게 된다. 특히 문학은 무한한 상상력을 전제(前提)하고 있으므로 세상에서 수렴한 감성들을 미학적 진화(進化)로 전이되기를 바라기에 그 농도(濃度)의 변화가 매우 다채롭고 둘레 또한 무한이다.

　주지하듯, 문학의 의미는 인식론(認識論)적인 사고나 기율(紀律)에서 벗어나 언제나 자유롭기를 바란다. 문학에서의 상상력은 인간이 만든 형식으로 단정 짓고 규정할 수 없다. 그러므로 언제나 한 곳에 매몰되지 않고 세상에 존재하는 모든 사물과 은밀하게 교통(交通)하면서 미를 창출하는 속성을 지닌다.

　시인은 뜨거운 상징(象徵)을 위해 세상을 다채롭게 은유(隱喩)하는 선지자(先知者)이고, 진심을 형상화해 오랜 세월 어두워진 역사를 새롭게 떠올리는 아티스트(artist)다. 그런 측면에서 보면 문학은 통섭(通涉)을 통해 새로운 변화를 개성적으로 모색하는 포스트모던(postmodern)한 예술임이 분명하다. 무엇이 거짓이고 진실인지 아무도 쉽게 단정할 수 없는 불가분(不可分)의 입장에서 시조는 현실을 방관한 문학이라고 오해를 받을 수 있을 것이다. 하지만 자연 미학을 철학적으로 깊이 인식한 시조는 어떤 조형(造形)의 환상(幻想)을 무작정 숭배(崇拜)하거나 절연

(絶緣)하지 않는다. 오늘의 시조는 언제나 겉으론 절제와 균형을 유지하면서도 안으론 아름다운 세계를 꿈꾸며 꽃송어리가 되기를 간절히 희망한다. 최광모의 시조는 대개가 그것을 향해 감각이 열려 있고, 쉽게 웃음이 사라지는 사람들의 얼굴에서 가장 민감한 눈시울을 그 누구보다도 따뜻하게 어루만지고 있다

골목에 둥지를 튼 외로웠던 유목민들

아득해진 꿈들을 길 끝에 잇대어놓고

점점 더 견고해진다, 성벽이 높아진다

먹방으로 달랜 더부룩한 어둠 속에서

짧은 댓글을 달며 아군과 연대하지만

겨울은 낮은 포복으로 나를 포위한다

뜨거워진 손가락 오므렸다 펴는 한밤

웅크린 가로등이 어슴푸레 잠이 들면

조용히 날아온 달빛 그림자 들춰본다

- 「유튜브」 전문

저곳은 아득해진 그리움의 안식처
깊고 넓게 환했던 보름달이 숨어있다
내 몸에 떠돌아다닌 말
음각하며 읽어낸

바람 많은 세상사 헛디딘 순간마다
납작하게 눌러진 그림자를 그러안고
새들이 어디선가 날아와
꿈결처럼 노래한다

되돌아갈 수 없는 적막한 길이지만
빛나는 뭇별 같은 기억을 더듬어가듯
두어 번 콜록거리다가

깊은 잠에 빠진다

- 「레코드판 위를 걷다」 전문

작품 「유튜브」와 「레코드판 위를 걷다」에서 드러나는 정조(情調)의 바탕은 휴머니즘(humanism)이다. 휴머니즘은 만물의 영장이라고 자처하는 인간이 사람임을 가장 따뜻하게 증명하는 아름다운 詩다. 그러나 자본주의는 사람들의 자존감을 오롯하게 지켜주지 않는다. 그림자 속에 악몽처럼 떠돌아다니는 냉혹함과 공허함을 안고도 스스로는 자신이 세상의 중심에 있다고 날마다 착각하며 살고 있지만, 쓸쓸하다.

야수의 시대에 어쩔 수 없이 거친 야수가 될 수밖에 없는 인간의 마지막 선택지는 비탈지고 척박한 변방의 바위산이거나 사막일 것이다. 인간을 위해 생성된 자본과 재화 등이 인간을 잡아먹는 괴물이 된 현실에서, 문학의 예술적 감성은 갈수록 조악하게 변질하는 인간 본성을 마지막까지 부둥켜안을 수 있는 자연이 아니겠는가? 최광모의 시조는 지금

그 슬픔과 어둠을 담담하면서도 절박하게 어루만지
고 있다.

"Broadcast Yourself!(당신 자신을 방송하세요!)" 이
것은 유튜브(You tube)가 만들어지고 처음 내세운 슬
로건이다. 유튜브는 '당신이 원하는 TV, 당신이 원하
는 콘텐츠를 선택해서 보는 TV'라는 의미를 담고 있
다. 유튜브의 발명은 사회가 급속히 팽창하는 과정
에서 소외되고 단절될 수밖에 없는 인간들을 새로운
문화를 향유(享有)하게 한 측면에서 긍정적이다. 자
신이 주체가 된 삶을 적극적으로 촬영·편집·홍보하
면서 타인들과 즐겁게 소통할 수 있도록 했다. 그러
나 유튜브가 목적을 위해 수단을 강조한 측면으로
인해 자신과 사회를 객관화시켜 반추하고 반성하기
보다는, 무절제한 골목의 어둠과 같은 또 다른 풍경
의 비감(悲感)을 낳았다.

최광모 시인의 작품 「유튜브」 속에서 "유목민"은
도시에서 외롭고 쓸쓸해진 사람들일 터. 그들의 욕
망은 대부분 식물성이므로, 악화가 양화를 구축한다

는 그레샴의 법칙(16세기 영국의 금융가였던 토마스 그
레샴(Thomas Gresham)이 제창한 법칙)을 적용하면 나
약한 인간의 욕망은 동물적 사회에서 언제나 패자가
될 수밖에 없다. 미래를 꿈꿀수록 더더욱 "아득해진
꿈들을 길 끝에 잇대어놓"지만, 세상은 점점 "견고"
하게 "높아진" "성벽"에 둘러싸여 오늘도 허무하게
좌절하고 절망한다. 때론 자신의 의지와 무관하게
그런 "더부룩한 어둠"을 "먹방으로 달"래고 "짧은 댓
글"로 사람들과 소통하며 "연대"하는 동안, 빛은 빛
으로 발현(發現)하지 못해 아득한 굴레의 어둠 속에
갇힌다. 그리고 "겨울"로 비유된 현실은 언제나 쉽게
극복할 수가 없는 먹먹함이 되어 "낮은 포복"으로 다
가와 날마다 "나를 포위"한다. 그러므로 어떤 면에서
유튜브는 외롭고 쓸쓸한 사람들이 위로받을 수 있는
열린 공간으로서의 긍정적인 측면과, 일방적 콘텐츠
를 강조한 나머지 지난(至難)한 삶을 현상학으로 인
식하지 못하는 부정이 함께 공존한다는 생각.

　작품 「유튜브」와는 달리 「레코드판 위를 걷다」
는 내면에 존재하는 그리움이 떠올린 풍경이다. 어

느 날 문득 강마른 가지에서 발아한 나무들의 언어처럼, 조사(助詞)가 많은 체언(體言)을 부드럽게 들어올린 우듬지의 문장으로 오래된 기억을 불러낸다. 회상(回想)은 때로 각박한 현실에서 부질없이 흩날리는 바람이지만, 번민과 집착이 사라진 추억은 사람들을 다시 꽃처럼 피어날 수 있도록 온몸에 기운을 제공한다. 그런 관점에서 「레코드판 위를 걷다」는 비감(悲感)을 넘어 비문(非文)을 지우고 빛나는 햇살을 필사하고픈 마음의 행로일 것이다. 여기서 둥근 레코드판은 "아득해진 그리움의 안식처"로 치환되고 있다. 동시에 "숨어있는" "깊고 넓게 환했던 보름달"의 상상력으로 "그동안" 여러 가지 연유로 마음 놓고 "말하지 못한 말"을 "음각하며 읽"을 수 있기를 바라는 염원이 있다. 이러한 정서에는 대개 인간 본성의 절실함 같은 음표가 있어, 누가 강요하거나 굳이 재촉하지 않아도 "바람 많은 세상사 헛디딘 순간마다/ 납작하게 눌러진 그림자를 그러안고/ 슬픔이 어디선가 날아와/ 꿈을 꾸며 노래"하게 만든다. 가끔은 한가롭게 삶을 즐길 수 없는 상황에서 "빛나는 뭇별"의 "기억들을" 되새김하는 것은 인간이 유한한 동물이기 때문만은 아닐 터. 음(音)을 기록해 놓은 둥근 판인 레코드(record)를 통해 비록 그곳이 이제는 "되돌아갈 수 없는" 공간이 되었지만. 우리는 가끔 빠르게 잊혀간 아름다운 시절을 문득 떠올리게 되는 것이다.

편견은 의식을 지배하는 악마다. 악마는 디테일(detail) 속에 꽃의 모습으로 존재하면서 끝없이 사람들의 정신세계를 혼란스럽게 한다. 하지만 문학은 인간의 오만과 거짓 등을 안 아프게 매만져 손두부처럼 말랑거리도록 한다. 그리고 삶의 행간이 물고 있는 온갖 비의와 습하게 서성거리는 사랑이 쏟아내는 질문들에 대해 따뜻하게 응답하면서.

사막을 펼쳐놓고 Del을 두드리는 밤
날름거린 뱀의 흔적, 그 욕망을 문질러
낙타가 걸어간 먼 길
지문으로 읽는다

220V로 휘몰아치는 열풍 속에 숨겨져

웃음이 되지 못한 추억도 모두 찾아내

태양과 접속한 두 눈

연신 비벼 닦는다

뜨거운 모래 폭풍 멀리 날려 보내고

슬픔으로 빗금 진 가슴팍을 수습한 뒤

거칠게 저항한 과거

흔적 없이 지운다

- 「디지털 장의사」 전문

위의 시조는 시조집의 표제작이다. '디지털 장의사'는 '빅데이터·클라우드·SNS 등 디지털 신기술의 발전으로 정보의 수집 및 공유가 대폭 증가하면서 사후 개인정보 및 계정에 대한 우려가 생겼다. 디지털 장의사는 그러한 개인의 인터넷상 계정 삭제에 대한 요구에서 탄생한 직업으로, 사진·게시물·댓글 삭제 등 디지털 유산에 대한 관리의 중요성을 인식하고 점차 그 영역이 확장되고 있다. 사후가 아니더라도 과거에 개인이 인터넷에 남긴 자료들로 인해 피해를 보는 사례가 늘면서 인터넷상에서 '잊힐

권리'에 대한 논의(EU는 2012년 1월 데이터 보호법(Data Protection Law)을 통해 개정안을 확정하면서 온라인상에 있는 개인의 정보를 삭제해주도록 요청할 수 있는 권리를 법제화했음(인터넷 법과 사전 참조))가 적극적으로 이루어지고 있다.

인간은 오늘도 마치 스스로 '만물의 창조주'처럼 행세하며 입 큰 붉은 욕망을 서슴없이 몸 밖으로 드러낸다. 그럴수록 불완전한 결핍의 존재로 신묘(神妙)한 우주의 티눈이 됨에도 불구하고 인간은 쉽게 그 욕심을 내려놓지 못한다. 작품 「디지털 장의사」는 단순히 지난 과거를 잊고 싶은 마음을 넘어, 몸과 마음과 정신을 무겁게 짓누르고 있는 어두운 착란(錯亂)을 정리하고 그곳에서 탈출하고픈 현대인의 불안한 심정을 담고 있다. 마치 '호랑이는 죽어서 가죽을 남기고 사람은 죽어서 이름을 남긴다'라는 속담을 증명이라도 하듯, 인간은 살아가면서 곳곳에 수많은 흔적을 남겨 자신의 존재감을 부각하려 한다. 그러나 진심으로 그런 생을 반성(反省)하고픈 사람들은 오늘도 "뜨거운 모래 폭풍 멀리 날려 보내고/

슬픔으로 빗금 진 가슴팍을 수습한 뒤/ 거칠게 저항한 과거"를 "흔적 없이 지"우는 결단을 내린다. 이것은 무심(無心)을 향한 사유인 동시에 성찰이 아닐 수 없다. 몸속에 덕지덕지 눌어붙은 번뇌와 망상을 닦아내고 비워 텅 빈 공(空)으로 되돌려놓는 것. 공(空)은 ○이므로 본래 인간의 자리인 자연으로 돌아가는 일이다. 문득, 인간이 머문 자리가 가장 지우기 힘든 흔적이라는 생각이 드는 이유는 그 영원한 ○을 깊이 인식했기 때문 아닐까? 작품 「디지털 장의사」는 그런 염원을 진심으로 표상하고 있는 외로운 사람들의 절실한 고백이다.

자연은 아는 만큼 보이고 보이면 사랑하게 된다. 그동안 사람들이 시조를 곡해하고 배척한 것은 일차적으로 안일한 시조 시인들의 책임이지만, 詩가 형식적으로 조형(造形)의 예술임을 인정한다면, 그리고 비유와 상징으로 복잡한 내면을 아우르는 것임을 인정한다면, 시조는 거기에 더해 절제와 균형의 미학으로 자연을 가장 자연스럽게 수렴한 숨결이라고 말할 수 있을 것이다. 우리 말의 일상성(日常性)을 어루만져 인간의 삶을 의미 있게 형상화하는 음표(音標)

로 길이길이 존재하리라.

3. 한없는 시인의 길

최광모 시인은 고등학교 때부터 자유시를 썼고, 대학에서 수학을 전공하면서도 줄곧 시를 놓지 않았다는 것을 잘 알고 있다. 고등학교에서 함께 공부한 시인 문태준, 소설가 김연수 등의 작가들이 널리 명성을 떨쳐도 그는 그들을 시기하지 않고 매우 자랑스러워했다. 그의 시작은 애초부터 등단의 목적이 아니었기에, 그의 시는 몸과 마음이 반응하는 정서에 정신의 타래를 천천히 풀어내는 삶의 탁마(琢磨)였을 것이다. 겉으로는 언제나 늘 평온하였지만, 그러나 미루어 생각하면 학원과 고등학교와 대학에서 문학과 그 결이 다른 수학을 지도하는 동안 얼마나 많은 번민을 했을까? 마음껏 사랑할 수 없는 시를 남몰래 새김질하며 혼자 속으로 고민한 날들이 어느 날 문득, 그러나 당연하게 그를 오롯한 대한민국 시인으로 안내하지 않았나 생각이 든다.

최광모 시인이 정갈함과 절제의 문학인 시조를 선택한 것은 아마도 그의 성격과 무관하지 않을 것이다. 늦은 나이에 운명적으로 시조를 만나 그동안 문학적 방황의 흔적들을 온몸 구석구석 붉게 새겼으니, 앞으로 그의 시조는 그 누구보다도 분명 선명하지만 은은할 것이다. 그리고 외롭고 슬픈 사람들을 위한 장엄염불(莊嚴念佛)이 될 것이다.

등단 이후 문단과는 한 발 떨어져 티 내지 않고 조용히 시조를 쓰고 있는 담담(淡淡)한 그에게서 나는 진정한 시인의 모습을 본다. 위정자들이 문단의 중심에서 행세하는 작금의 상황에 아랑곳하지 않고, 많은 시인이 그 중심에 들기 위해 쉽게 양심을 저당 잡혀 기력을 소진하는 사막을 안고 한 떨기 풀꽃으로 산다는 것은 매우 힘든 일이다. 그렇지만 최광모 시인은 그 부질없는 사사로운 기류에 휩쓸리지 않는 것은 대자연의 진심을 온몸으로 깨달았기 때문일 것이다. 그것만으로도 그는 이미 아름다운 시인이다. 그의 관심은 오로지 좋은 시조를 쓰는 일이고, 그것이 시인의 품위와 품격을 갖추는 것임을 알기에 그는 앞으로 그 무엇에도 두려움과 부러움이 없을 터. 날이 갈수록 더욱 교묘해지고 노골화되는 시인들의 저급한 행위들이 횡행하는 문단에서, 너무 양심적이고 너무 정직한 최광모 시인은 어쩔 수 없이 변방의 평민(平民) 가객(歌客)으로 존재할는지도 모른다. 그러나, 그러하기에 그의 마음과 영혼은 날마다 새처럼 자유로울 것이다.

중국 명나라 말기 문인 홍자성(홍응명)이가 쓴 채근담에 "입은 마음의 문이요, 의지는 마음의 발이다."라는 경구가 있다. 모름지기 시인은 언제나 자신을 다스려 끊임없는 성찰을 통해 세상의 파문(波紋)을 우주의 파장(波長)으로 변화시켜야 한다. 그리하여 온갖 편견과 아집에 자주 사로잡히는 사람들의 아름다운 미소(微笑)가 되어야 한다. 시인은 선견지인(先見之人)이기에 그 사실을 인식하고 있는 최광모 시인은 아마도 죽을 때까지 시인의 길을 포기하지 못할 것이다. 그러므로 그의 시조는 앞으로 그 누구보다도 더욱 간절히 웅숭깊어질 것이라고 나는 믿는다.

공감시선 9

디지털 장의사
ⓒ 최광모, 2022

지은이_ 최광모

발행인_ 이도훈
편 집_ 유수진
교 정_ 김미애
펴낸곳_ 도서출판 도훈
초판발행_ 2022년 11월 18일

사무실_ 서울시 서초구 법원로3길 19, 2층 W109호
          (서초동, 양지원빌딩)
전 화_ 02) 595-4621, 010-6722-4621
팩 스_ 050-4227-4621
이메일_ flyhun9@naver.com
홈페이지_ www.dohun.kr

ISBN_ 979-11-92346-26-7 03810
정가_ 12,000원

이 시조집은
한국문화예술위원회 2022년 아르코문학창작기금 지원으로
발간되었습니다.